LA CASA DE ALGÚN DÍA

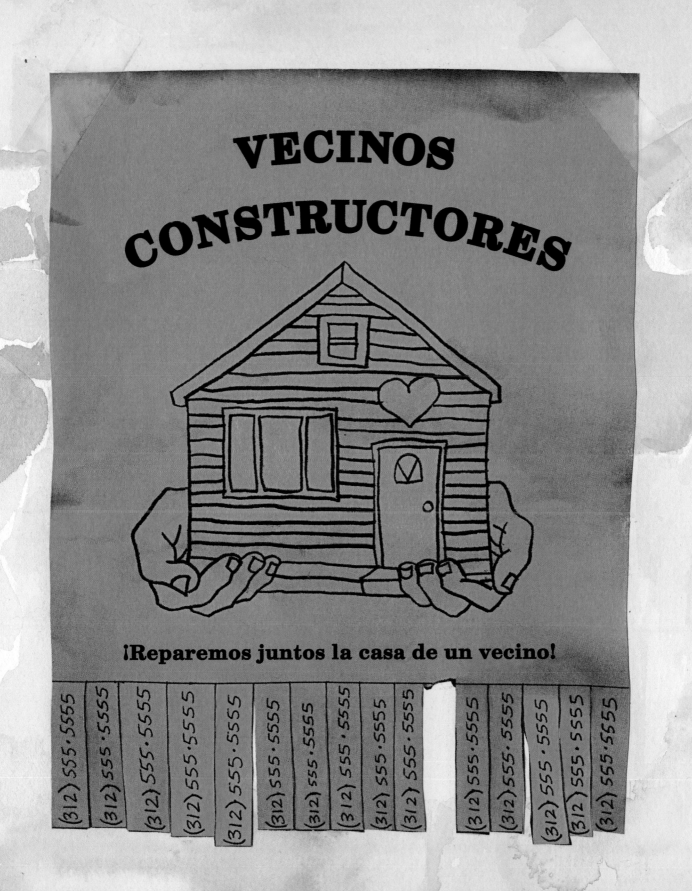

CAFÉ LUNA

TRADUCIDO POR CARLOS E. CALVO

LA CASA DE ALGÚN DÍA

JULIA DURANGO
ILUSTRADO POR BIANCA DIAZ

Charlesbridge

Casa
de Gigi

    —Algún día —dijo Wilson—, voy a pintar tu casa de
anaranjado y amarillo, como el Sol.

    Gigi sonrió y dijo:

    —Eso me va a encantar. Pero por ahora, tú eres todo
el sol que necesito.

—Algún día —dijo Wilson—, voy a reparar las ventanas de Gigi para que pueda abrirlas bien y sentir la brisa.

—Me parece una buena idea —dijo el heladero—. El aire fresco es bueno para el alma.

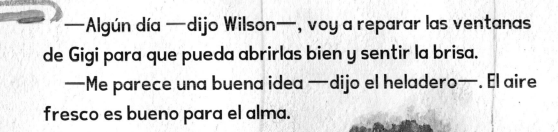

20 tablas

4 clavos en cada una

$$\begin{array}{r} 20 \\ \times \ 4 \\ \hline = 80 \end{array}$$ clavos

—Algún día —dijo Wilson—, voy a construir una cerca alrededor del jardín para que puedas tener un perro que te haga compañía.

—Eso me va a encantar —dijo Gigi—. Pero por ahora tengo toda la compañía que me hace falta.

—Algún día —dijo Wilson—, voy a reparar la escalera para que Gigi pueda sentarse en el balcón y ver todo desde arriba.

—Es una idea fantástica —dijo una vecina que pasaba por ahí.

—A todo el mundo le gusta tener una hermosa vista —agregó su amiga.

cuerda

cepillo

bola
Pesada

—Algún día —dijo Wilson—, voy a reparar
la chimenea para que puedas encender el fuego
y sentir su calor acogedor.

—Eso me va a encantar —dijo Gigi—. Pero
por ahora tú eres todo el calor que necesito.

—Algún día —dijo Wilson—, voy a reparar el techo de la casa de Gigi para que no entre viento ni nieve.

—Muy buena idea —dijo el bibliotecario—. No hay nada mejor que una casa abrigada en un día invernal.

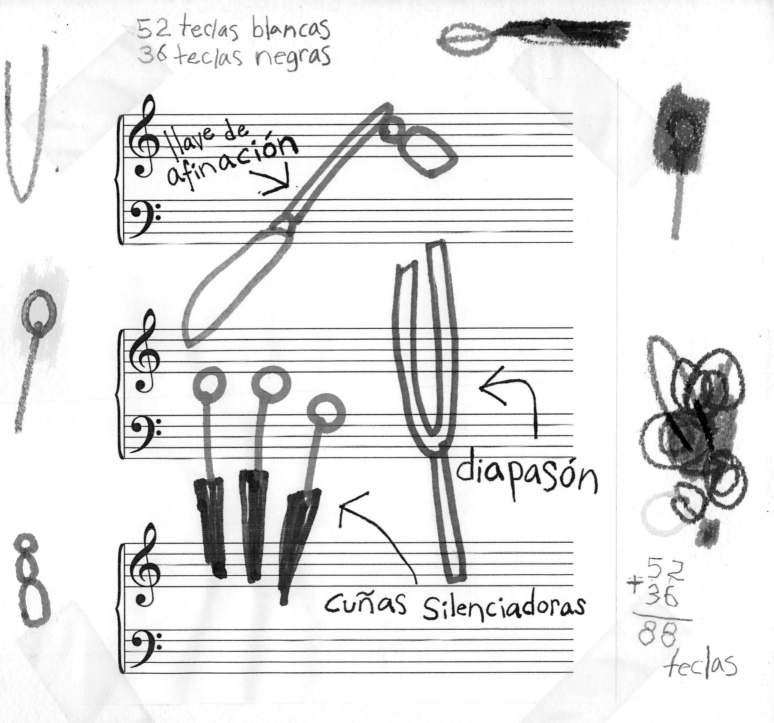

—Algún día —dijo Wilson—, voy a reparar tu piano para que puedas volver a tocar música.

—Eso me va encantar —dijo Gigi—. Pero por ahora tú eres la canción que llevo en mi corazón.

—Algún día —dijo Wilson—, voy a plantar un jardín para que Gigi esté rodeada de flores.

—Es una gran idea —dijo el maestro de Wilson—. Es entretenido ver cómo crecen las flores.

—Algún día... —dijo Wilson.

—¡Ese día es hoy!

—Algún día —dijo Gigi— es un día muy bonito.

—Algún día —dijo Wilson— es el mejor día de todos.

Gigi sonrió y dijo:

—Sin duda es el mejor, igual que tú.

NOTA DE LA AUTORA

La inspiración para escribir *La casa de algún día* llegó de la mano de Bill Cairns, amigo y colega. Durante quince años, Bill, carpintero de profesión, ha donado su tiempo y talento al evento anual *Obra de amor* que se realiza en nuestra comunidad. Ese día de otoño, cientos de voluntarios se reúnen para reparar las casas de ancianos, de discapacitados y de todos los que lo necesiten en el condado de LaSalle, Illinois.

Se reparan techos, se reemplazan ventanas, se arreglan calderas, se podan árboles... se hace todo lo que sea necesario hacer. Los negocios locales donan materiales, y la iglesia y centros de caridad se unen para darles de comer a los voluntarios durante todo el día. Realmente es una obra de amor, una increíble muestra de compasión humana y generosidad en su máxima expresión.

Por supuesto, nuestra comunidad no es la primera que hace esto. Desde los comienzos de Estados Unidos la gente se ha unido para ayudar a sus vecinos. Desde la construcción de los graneros de los pioneros, pasando por los comedores populares de la Gran Depresión hasta llegar a las dinámicas campañas comunitarias virtuales de las organizaciones modernas de ayuda, el espíritu de colaboración y generosidad de los voluntarios brilla a lo largo de nuestra historia.

Si deseas participar como voluntario en una "obra de amor" en tu comunidad, comunícate con organizaciones de ayuda y centros caritativos, o visita United Way (www.unitedway.org) o Habitat for Humanity (www.habitat.org) para saber cómo puedes ayudar. ¡Entre todos, hoy podemos empezar a preparar ese "algún día"!

A Bill Cairns, Tracie Vaughn Kleman, Linda Sue Park y Suzanne Wilson, quienes hicieron de este mundo un lugar mejor con palabras y obras—J. D.
A la Srta. Charvat, mi maestra de primer grado, quien me hizo sentir grande—B. D.

Spanish translation copyright © 2020 by Charlesbridge Publishing, Inc.
Text copyright © 2017 by Julia Durango
Illustrations copyright © 2017 by Bianca Díaz

Published by Charlesbridge
9 Galen Street, Watertown, MA 02472
(617) 926–0329 • www.charlesbridge.com

Printed in China
(hc) 10 9 8 7 6 5 4 3 2 1
(pb) 10 9 8 7 6 5 4 3 2

Illustrations were collaged using watercolor, gouache, and acrylic paints; india ink; colored pencils; crayons; markers; magazine cutouts; photo transfers; and handmade paper.
Display type set in Pinto NO_2 by FaceType
Text type set in Helenita by RodrigoTypo

Color separations by Colourscan Print Co Pte Ltd, Singapore
Printed by 1010 Printing International Limited in Huizhou, Guangdong, China
Production supervision by Brian G. Walker
Designed by Jacqueline Noelle Cote & Susan Mallory Sherman

Library of Congress Cataloging-in-Publication Data
Names: Durango, Julia, 1967- author. | Díaz, Bianca, illustrator.
Title: La casa de algún día / Julia Durango; ilustrado por Bianca Díaz.
Other titles: One day house. Spanish
Description: Watertown, MA : Charlesbridge, [2020] | Summary: A little boy promises his beloved friend, an elderly lady, that one day he will fix up her old house—and his words inspire the other people in the neighborhood to pitch in and get it done.
Identifiers: LCCN 2019019742 | ISBN 9781623542313 (hardcover) | ISBN 9781623541354 (paperback) | ISBN 9781632899149 (ebook) | ISBN 9781632899156 (ebook pdf)
Subjects: LCSH: Dwellings—Juvenile fiction. | Neighbors—Juvenile fiction. | Helping behavior—Juvenile fiction. | Communities—Juvenile fiction. | CYAC: Dwellings—Fiction. | Neighbors—Fiction. | Helpfulness—Fiction. | Voluntarism—Fiction. | Community life—Fiction. | Spanish language materials.
Classification: LCC PZ73 .D883 2020 | DDC [E] —dc23